Tous Les Voyageurs de la Luna

Mat de Melo

Le poème original, non édité. Une lettre d'amour à Lisbonne.

ISBN-13: 978-1-7322497-6-9

Dédicace :

Ce livre est une
dédicace à tous les
voyageurs lunaires et
à l'époque où Lisbonne
était Lisbonne.

Meta Fiction |n|

Un compte faux ou
improbable. Une idée
ou un mot mesuré en
unités astronomiques.
Cela peut défier
certaines conditions,
et par conséquent,
tout faire arriver.

i.e. Se déplacer
ou tourner en rond,
comme par magie.

Fabriquer ou colorier.
Producteur d'idées.

Un héros dans un
roman, sur une scène,
en toile de fond
d'un une image en
mouvement avec un
bloc-notes.

Tous Les Voyageurs de la Lune

Acte 1

Le rideau se lève.

Un café. Une fille
en denim avec un
bloc-notes est
dans le coin de la
pièce. Je suis entré
comme une star dans

un film en noir
et blanc.

Je me suis assis
avec Viola sous une
affiche de café delta.
J'avais un cola, et
Viola a bu un porto,
et ensemble nous nous
sommes assis dans un
coin et avons regardé et

observé tout avec une attention pleine d'espoir pendant plusieurs minutes.

"Je veux peindre la ville en rouge. Je veux être sur scène et jouer le rôle. Je veux faire tomber la maison."

Viola avait une idée.

“Nous pourrions voler un Porsche et prendre pour un tour, et couter la radio jusque à ce que nous sommes à court d'essence.”

Milo déplia un papier, et il y avait les mots "construis-moi une machine à voyager dans le temps" à l'encre bleue. Une fille en bleu denim Levi's,

avec un jeune aristocrate

bohème dans une t-shirt

blanc simple avec des

aviateurs rétro, quand

tous les soirs un film,

et tout le monde une star;

quand un lanceur de fusée

pouvait se déplacer

à 40.000 miles par

heure dans l'espace

extra-atmosphérique en

direction de la Lune ou
de Mars attaché à son
siège; quand l'Amérique
signifiait Kodak et
les *milkshakes* et les
promenades en voiture
au milieu de l'été; alors
que tout le monde était
vraiment une scène, et que
tous les hommes étaient
en fait des acteurs.

"Tu es une
trouble maker."

"Et vous êtes un
super-héros."

Dissoudre à : Dans un
appartement au deuxième
étage. Sur une table de
travail de charpentier,
et un visionnaire
mélodramatique de

37 ans. Près d'une
lampe à pétrole, et
d'un mémorandum sur les
monstres et cauchemars
et fiction, et quelque
chose de beau qui
est le produit d'une
imagination rétroactive.

Sur la façon dont
nous avions une
obligation; une

responsabilité
universelle, et le
monde attendait.

**Je *m'accorde* à une
fréquence radio statique.**
Sur une boîte en carton,
et un cyanotype de 70 mots.
Sur une génération établi
une norme, apportez un

appareil photo
jetable. Tournez-vous,
Synchronisez, tourner
la bande. Une génération
a développé une
philosophie. Une
révolution est eue.

J'ai eu une autre
impression, dans un
appartement au deuxième

étage, brûler l'huile
de minuit.

Le temps passe
rapidement. Les
chances étaient
presque toujours
contre nous.

Pourtant, nous
avons insisté,
qu'un hibou de nuit
ne peut pas être
endormi la nuit.

Sur une FIAT Berlina
1971, regarder les
étoiles. Milo et Viola
ont du vin rouge sur le
capot de la voiture.
Viola a un bloc-notes
bleu et rouge. Milo
voit tout le monde
en couleurs primaires.

"Un poète n'est
pas une personne
ordinaire. Il dit

souvent des choses
quelque peu folles,
pas possibles. Il a
un marqueur."

*Viola avait la
radio, et j'avais
le marqueur.*
"Une fleur est une
fleur et un catcher
in the rye est un
catcher in the rye.
Une génération

alternative est

prête avec

anticipation."

La radio est allumée.

"Les mots peignent

des images, et les

roquettes vont

sur la lune."

Un bus à glisser.
"Sur du papier et à
l'encre bleue?"

"Il a attaché un
lasso autour d'elle,
et l'a fait descendre
de la stratosphère.
Et dans sa poche,
et elle brille dans
l'obscurité, et c'est
sûr de le dénoncer."

"Et alors?"

"Et comme la
fiction, une réaction
chimique se produit,
dans un wagon, encerclée
d'un rêve.

"Sure le papier un
manuel d'utilisation,
a comment faire une
lune en papier."

Derrière nous, des
bougies romaines
ont explosé. Viola
a tourné et a fait une
pause, et je me suis
retourné et ai fait
une pause, et nous
ai regardés dans un
film que j'avais
sur bande.

Sur du vin en boîte,
et des hyperboles.
Sur les 3,70 que j'ai
eu et sauvé et puis
gaspillé. Sur la 73rd
Street sur Broadway
ayant un cola.

A Rio, Rome et Madrid.
Partout dans le monde.
Je prends toutes
les chances. Faire
toute le erreur.

Un manuel pour les
faiseurs d'idées.

Dans le Bairro
Alto avec un appareil
photo jetable et 24
expositions, et
un marqueur bleu.

Une dissertation de
3100 mots sur Junon et
Mars. Sur Eros et flèches
et réactions chimiques.

Sur une bouée avec réflecteurs rouges qui projetaient sur plusieurs kilomètres dans aucune direction particulière.

Casino Estoril. J'avais un gin tonic au bar. L'idée? Plus d'infos sur les Jeunes Gens Brillants au bar, et

avertir tout le monde
d'une sous-culture de
personnes qui se sont
rendues à Porto, à Madrid
et à Rome dans une boîte
en carton, chacun est
un super héros. Un rêveur
a calculé la distance
entre eux et la Lune.
Il a calculé le coût
de l'essence; vitesse,
distance, temps.

J'ai imaginé une ouverture, acte 1. Tiré par la gravité, poussé par mon imagination.

Sur un fond bleu et marron et rouge. Viola a bu un cola générique sur le sol avec un bloc-notes. Je règle un marqueur bleu,

dans un fond bleu, et
marron et rouge, posant
les bases d'une école
spéciale de pensée,
dans un appartement au
deuxième étage. Sur une
scène, et comme dans un
film que j'avais sur
bande. Il y a un
générateur d'idées.
Dans la fiction, il a
développé une machine

à remonter le temps.
Je rêvé un point sur
une ligne dans une
carte. En Espagne,
ne pas de erreur.

Fondu enchaîné vers
en Milo dans un t-shirt
blanc uni, avec des
cheveux bruns sur un
bureau avec une
machine à mots
portable. Fait un

contour. Utilisez
des couleurs saturées.
Ne vous inquiétez pas
de rester entre les
lignes. Vous êtes ici
pour sauver le monde.
Comptez sur nous.
Considérez ceci : un
fabricant d'idées ne
dépende pas d'être
compris, et qu'être

incompris est aussi ce
qui nous différencie.

Rouge, jaune, bleu,
j'aperçois les
affiches d'ici. Je
peux voir une image en
mouvement au loin. Je
peux entendre le son
des mots sur le papier.

Je peux voir la lune,
je peux voir un

Rocketeer. Je peux
voir une machine à
voyager dans le temps.
C'est là, c'est de
la fiction, et ça
t'appartient.

**Je suis à fond sur
une bouée verte en
Cais do Sodré.** Viola
avait une cigarette,
et j'avais une boîte
d'allumettes.

J'avais un baladeur
bleu, une cassette
rétro, et Viola et
moi nous sommes assis
sur une boîte avec

les écouteurs dans
notre oreille.

Je suis ivre sur
une idée que j'ai
eu un bar à Madrid.
Je regarde un phare,
puis je fais une pause.

Je suis un
romantique, et un
sentimentaliste,
et je tiens que

tant que rien ne
pourrait durer
éternellement, je
sais que j'ai fait
tout ce que j'ai
pu pour le faire."

"J'aimerais penser
que nous pourrions.
Dans un mouvement
nommé *The Manufactures
of ideas*. Dans une
annonce, dans les mots

d'affiches de cinéma,
une tragi-comédie.
Dans les cinéma,
13 Juillet. 310,
540, et 830."

Viola a encore du
vin rouge. Milo a
une idée quelque
peu nouvelle.
"Tout ce que j'ai
toujours voulu,
c'était tout, mais

tout ce que j'ai eu,
c'était de la fiction."

*Viola verrouille
son regard sur un
autobus.*
"Et puis?"

Milo fait une pause.
"Promenons-nous et
buvons du champagne,
et faisons des ennuis,
et fais comme si la

nuit durerait
éternellement."

Un taxi arrive, et
Viola a eu une idée.
"Acte 1. Scène 3.
Je serai le héros
et tu seras le
narrateur."

La nuit, quelque part à Lisbonne.

Il y a une boîte d'*espumante*. Viola est au sol avec une radio transistor.

Je déplie un mémorandum: Madrid, Barcelona, Rome. Apportez un bloc de mots. Prenez un

tour, faites une
erreur.

La Lune est mandarine
et la nuit est de
couleur bleue.

"La Lune, les
étoiles. Ces gantes.
Il y a plus, et sinon,
qu'est-ce qu'il y
a ?"

"Il y a des preuves.
Il y a de la magie.
L'étoffe dont sont
faites les mots. Sur
le papier, il y a une
fille en denim sur une
Renfe de 10 heures à
minuit de Lisbonne à
Madrid, *all in* sur une
idée. Qui a rêvé en
couleur. Et il y avait
les mots *La Espera*."

J'ai eu une bouteille de bon Espumante pas cher. Viola en avait un aussi. Moi et Viola avons eu un toast après l'autre, "...À vous, à moi, à nous, aux incompris,..." et avec chaque toast, nous avons claqué nos bouteilles ensemble sous la Lune dans une machine à voyager dans le temps.

"Bonne nuit lune
de papier. Bonne nuit
lumière vive. Bonne
nuit, bonne nuit. Bonne
nuit tard dans la nuit."

Il n'était que minuit,
mais il était toujours
minuit à un cœur
intoxiqué. Ainsi a
commencé une sorte
de plan différent; un
roman que j'ai effacé

et effacé, jusqu'à
ce qu'il me reste
était la poésie
entre les lignes.

J'ai eu un guide du
rêveur de 830 mots de
la voie lactée et bon
champagne pas cher,
et un guide du rêveur
de 830 mots à la Voie
lactée et bon champagne
pas cher est le code

pour la nuit est
jeune, et nous aussi.

[Je grimpe dans
une boîte en carton,
comme si ce n'était pas
une boîte en carton
ordinaire, et comme si
nous n'étions pas des
gens ordinaires.]

Et ainsi, toute
la nuit, Milo et

Viola avaient du champagne pas cher et écouté la radio, et faisaient semblant d'être dans une pièce théâtre nommé *Ultraviolet Blue.*

Acte 2

A midnight show

Scénographie :

Un fond bleu.

Une étoile en papier

que Viola colorie.

Il y a un mémo par terre. Il y a une machine à écrire et un projecteur Super 8. Il y a une affiche de film et radio AM/FM.

Fade in : Sur cinq cent mille kilowatts de particules de poussière spatiale.

Sur une échelle sous
une lune de papier.

**Un poète a une
diapositive de couleur,**
et tout le monde en
technicolor. Une jeune
chose brillante dans
un roman, à la
poursuite d'une idée.

Un rêve est un
rêve. Un crayon
discontinue. Un
crayon toutefois.

Je me suis connecté
à un passager dans un
tramway électrique.
Sur une fourgonnette
Ford rétro avec des
lignes marron et rouge
et mandarine et un

numéro 73 collé
des deux côtés.

Je me suis assis sur
un pas d'un théâtre
et j'ai lu *Babylon
Revisited*. Puis j'ai
considéré l'idée, une
idée presque impossible
que j'avais eue à dix
ans, sur la manière dont
les mots ont un effet.

Je me suis concentré
sur une publicité de
vin de Porto sur un bus.
J'ai relu mes notes,
je me suis appuyé en
arrière et j'ai regardé
tout se dérouler.

Dissoudre dans :

Un théâtre sur Dom
Pedro. Un vagabond
en chemise de laine

avec un violon a

joué le Cisne de

Saint Saëns près

d'une boîte de

tracts.

Dans une salle de cinéma. Milo est au siège 3A et Viola est derrière lui en 4B. Un projecteur projetait un film sur l'écran.

Milo se tourne vers Viola avec un appareil photo jetable. Il se demande s'il a le

temps, et si Viola et
lui sont dans une
image en mouvement.

Scène suivant:
Milo sur scène.
Un faisceau
de projecteur
est sur Viola.

VIOLA: Le rideau se lève.
Sur une fille qui est
partie à Barcelona.

Près du Théâtre Borràs.
Sous la lune. Vers
laquelle on chasse
la Nuit. Nous défions
ce qui est normal et
nous nous éloignons
de l'utilisation
littérale des mots.
Pour tout coloriser.
Sur une idée presque
possible destinée à

être prise comme
verbatim.

Rideau fermé.

MILO: Le rideau monte.
Sur le héros. Sur une
boîte de voiture. Sur
une scène, et la
fiction : parce que
c'est ce que tout
le monde veut; une
machine à remonter le

temps, et ce sentiment
presque possible comme
si vous étiez dans un
film, et vous êtes au
milieu de votre partie
préférée.

VIOLA: Vous êtes un
dieu de la machine.

MILO: La lune, les
étoiles. Tout.

C'est à nous de
l'avoir.

VIOLA: Et un romantique.

MILO: Vous sommes
faits de l'étoffe
de nos rêves.

VIOLA: Et vous êtes un
fabricant d'accessoires,
entourée de sommeil.

MILO: Arrondi avec
un sommeil, et sur
une lune de papier.

*Viola se tourne vers
le projecteur.*
VIOLA: e peux presque
voir Barcelone d'ici.
Le poids de l'Univers.
La gravité m'attire,
et quelque part
là-bas, il y a un
au revoir.

Milo a un antidote.

MILO: ... Sa conquête
mérite le meilleur de
l'humanité. Non pas
parce que c'est facile,
mais parce que c'est
difficile. Pourquoi
la lune? Pourquoi la
fiction? Parce que
c'est là. Parce que
les mots le colorent,

et parce que toi et moi
sommes différents.

*Viola se tourna vers
l'écran et revint.*
VIOLA: Comme vous
l'avez fait sur bande.

*Un faisceau de
projecteur est sur
Milo. Viola tourne
vers en un théâtre
vide, et ensemble,*

Milo et Viola lisent
des lignes de l'acte
2, tout sur des
mots sur papier.

Un arrêt de bus à Rato. Je suis dans une combinaison de vol, et Viola est un manteau en polyester. Il commence à pleuvoir.

J'ai déplié le papier en trois, puis j'ai lu le poème à voix haute, d'une voix presque trop douce pour qu'on entende les mots.

"'Pour la défense

des incompris.

Pas de Barcelona

et pas de Miró.

Pas de radio,

et pas de bouton.

Pas de Billie Holiday,

et pas Harlem Dream.

Pas de machine à

mots et, pas de le

lumière vert sur le

Long Island baie avec

des réflecteurs qui
projettent un faisceau
de lumière dans
quelconque direction.

Pas de drame, pas
d'acte 2. Pas mesure
du temps, et pas de
sentiment d'urgence
particulier que seul un
rêveur pouvait comprendre.
Pas de guide de la Voie
Lactée, et pas de

publication citoyenne

démocratique.

   Pas d'idées exagérées,

et pas de lune de papier.

Pas de *movers*, et pas

de *shakers*. Pas de boîte

en carton ordinaire,

et pas de *rocketeers*.

Pas de bon vin rouge

pas cher et pas de

réactions chimiques.

Pas de cinéma, pas de

film, et pas de
partie préférée.

Pas de lampe à huile
et pas de radio à
transistor. Pas de
Kerouac, pas de
chaussures vagabondes.
Pas de beat génération,
et pas de révolution.

Pas d'encre bleue et
pas de philosophies à
2 heures du matin.

 Pas de chance
prise sans raison
ou incorrecte,
et pas d'erreur.

Pillez le musée.
Volez tout ce
qui est en vue!'"

Viola a mis le poème
dans sa poche. Il a
continué à pleuvoir.
Et ensemble Milo
et Viola se tiennent
dans un arrêt de bus
avec rétrospective.

Acte 3

Dans le Bairro Alto.

Les mots sautent de la page. Il est le protagoniste. Chaque mot se superpose sur le papier comme par magie.

3h du matin. Il plie
le papier en trois.
Dans la poche de son
manteau se trouve un
poème qu'il porte
sur lui comme s'il
s'agissait d'un manuel.

Dans un club de jazz. Dans mesa 18. Une fille dans un bonnet a lu un extrait d'un un bloc-notes.

"'Qu'est-il arrivé à tous les voyageurs de la lune? Sont-ils partis, ou sont-ils élégamment en retard? Ont-ils

sauvé leurs rêves
dans un bocal? Ou
n'en ont-ils pas?'"

La musique a
commencé avec un
contretemps. Puis
la basse.

L'extrait a laissé
une marque sur tout
le monde dans la salle.
Il y avait de la magie

dans l'air. J'ai fumé
une cigarette. Le
spectacle a continué.

Dissoudre à :

Bairro Alto. J'ai
déambulé dans la nuit,
sans aucune direction
particulière, de la
rua do Norte aux les
cafés de la rua Augusta.
Tous les cafés avaient

fermé à l'exception
d'une fontaine avec
un dieu romain qui
brillait dans le noir.

Les cafés avaient
fermé. Il y avait un
taxi sur dona Maria.
Personne n'était là
mais pour moi et la
lune. Je me suis
allongé, sous les

étoiles en papier
construction.

J'ai trouvé une pièce
d'euro par terre.
Un autre vœu gâché,
pensai-je. J'ai
alors décidé que les
souhaits n'expiraient
pas, alors j'ai
économisé le pièce
pour une autre fois.

**Peut être un rêve,
a word picture.**

Madrid est visible de
loin. De nombreuses
étoiles parsèment
la stratosphère.
Une étoile est
plus brillante que
les autres, comme
certaines étoiles.

Un romantic, tout en

faire une erreur,

car certaines

chaussures sont

faites pour marcher,

et parce que le but

d'une fleur, c'est

la fleur.

Dissoudre dans : En

un tren a Madrid. Et

donc? Disparu est une

fille en denim bleu

Levi's, parti pour
sauver le monde.

**Sur Super 8,
et en 24 images
par seconde.** Une
impression bleue. Une
radio à transistor,
et une lune presque
pleine.

J'ai eu un cola dans un bar sur la *rua da Rosa*. J'ai commencé à enregistrer une idée, un bonjour La Lune de 300 mots que je pourrais plier en trois et envoyer une fille en Espagne. Sur un générateur de mots portatif. Dans une pièce avec une affiche où j'ai brûlé l'huile de minuit, en été quand l'air est encore plus bleu, la nuit sur le toit d'un théâtre où un super-héros ordinaire était soupçonné de coller de poèmes dessus des arrêts de bus, quand 10.000 rêveurs désobsédant *all-in* sur la fiction défilent contre les idées reçues.

Des mots sur papier,

j'ai exagéré tout,

et comme dans l'art,

j'étais devant la vie.

**Dans une Mercedes -
Benz taxi.** Un manifestant

a lancé des flyers avec

un canon. Le papier

semblait tomber de

l'espace. J'avais une

photo de plus. Le
conducteur avait la
radio allumée. Et donc
on pourrait dire qu'on
était dans une supernova
de papier confetti. J'ai
fait une pause pour une
photo sur le toit de
la voiture comme si
j'étais dans un film.

Sur le papier, et
à l'encre bleue,

peut-être une note
bas de page dans un
mélodrame divin.

À son tour, un contour
est obtenu, et à partir
de lui une autre
génération a quelque
chose qu'elle peut
appeler sienne.

Alors comme la
fiction, dans un
appartement au deuxième
étage un Super 8 film
imprimé scintille à
travers un projecteur,
24 images par seconde,
et comme la magie, fait
l'illusion du mouvement.

Autres poèmes de
Mat de Melo,
Fiction Collectif., 2024

    Suivez la sous-culture :
    matdemelo.info

Écrivez-nous

nova ink printhouse
novainkprinthouse
@proton.me

www.ingramcontent.com/pod-product-compliance
Lightning Source LLC
Chambersburg PA
CBHW010644100726
47900CB00011B/2967